KB121603

꽃인 듯 눈물인 듯 어쩌면 이야기인 듯

꽃인 듯 눈물인 듯 어쩌면 이야기인 듯

초판 1쇄 발행 2022년 9월 1일
초판 2쇄 발행 2022년 10월 25일

지은이 김춘수
엮은이 조강석
발행인 안병현
총괄 이승은 기획관리 박동옥 편집장 임세미
기획편집 김혜영 정혜림 한지은 디자인 이선미 마케팅 신대섭 배태욱 관리 조화연

발행처 주식회사 교보문고
등록 제406-2008-000090호(2008년 12월 5일)
주소 경기도 파주시 문발로 249
전화 대표전화 1544-1900 주문 02)3156-3694 팩스 0502)987-5725

ISBN 979-11-5909-817-8 (03810)
책값은 표지에 있습니다.

김춘수 탄생 100주년 기념 시그림집

꽃인 듯 눈물인 듯
어쩌면 이야기인 듯

김춘수 지음 | 조강석 엮음

교보문고

일러두기

- 이 책에 실린 작품의 표기는 원전에 따르는 것을 원칙으로 하였다. 단, 띄어 쓰기는 읽기 편하게 과거의 표기법을 현대어 표준맞춤법에 맞추어 고쳤다.
- 이 책에 수록한 시는 총 17장으로 배열, 구성했다. 작품의 배열은 시집의 발 간연대를 기준으로 삼았다.
- 원문에 한자로 표기된 글자는 한글로 바꾸었고 필요한 경우에만 한자를 병 기하였다.
- 이 책은 김춘수의 작품 중 60편을 뽑아 엮은 시선집이다. 작품 선정에 관해 서는 작품 해설에서 자세히 설명한다.
- 부록으로 김춘수의 시세계를 이해할 수 있는 해설을 수록하였다.
- 이 책은 김춘수 탄생 100주년을 기념하여 대산문화재단과 교보문고가 주최 한 문학그림전의 도록을 겸하고 있으므로 문학그림전에 참여한 화가의 약력 을 별도로 수록하였다.

차례

『구름과 장미薔薇』

『늪』

『기旗』

『쉰한 편의 비가悲歌』

『쉰한 편의 비가』 이후

『구름과 장미薔薇』

구름과 장미

저마다 사람은 임을 가졌으나
임은
구름과 장미되어 오는 것

눈뜨면
물 위에 구름을 담아 보곤
밤엔 뜰 장미와
마주 앉아 울었노니

참으로 뉘가 보았으랴?
하염없는 날일수록
하늘만 하였지만
임은
구름과 장미되어 오는 것

박영근, 구름과 장미, 포맥스에 유화, 50×69cm, 2022

서풍부

　너도 아니고 그도 아니고, 아무것도 아니고 아무것도 아니라는데…… 꽃인 듯 눈물인 듯 어쩌면 이야기인 듯 누가 그런 얼굴을 하고,
　간다 지나간다. 환한 햇빛 속을 손을 흔들며……
　아무것도 아니고 아무것도 아니고 아무것도 아니라는데,
온통 풀냄새를 널어놓고 복사꽃을 울려놓고 복사꽃을 울려만 놓고,
　환한 햇빛 속을 꽃인 듯 눈물인 듯 어쩌면 이야기인 듯 누가 그런 얼굴을 하고……

문선미, 서풍부, 캔버스에 목탄·유화, 60.6×60.6cm, 2022

신화의 계절

간밤에 단비가 촉촉이 내리더니, 예저기서 풀덤불이 파릇파릇 돋아나고, 가지마다 나뭇잎은 물방울을 흩뿌리며, 시새워 솟아나고,
점점이 진달래 진달래가 붉게 피고,

흙 속에서 바윗틈에서, 또는 가시덩굴을 헤치고, 혹은 담장이 사이에서도 어제는 보지 못한 어리디어린 짐승들이 연방 기어 나오고 뛰어나오고……

태고연히 기지개를 하며 산이 다시 몸부림을 치는데,

어느 마을에는 배꽃이 훈훈히 풍기고, 휘넝청 휘어진 버들가지 위에는, 몇 포기 엉기어 꽃 같은 구름이 서으로 서으로 흐르고 있었다.

최석운, 신화의 계절, 캔버스에 아크릴, 116.5×90.5cm, 2022

가을 저녁의 시 · 1

누가 죽어 가나 보다
차마 다 감을 수 없는 눈
반만 뜬 채
이 저녁
누가 죽어 가는가 보다.

살을 저미는 이 세상 외롬 속에서
물같이 흘러간 그 나날 속에서
오직 한 사람의 이름을 부르면서
애터지게 부르면서 살아온
그 누가 죽어 가는가 보다.

풀과 나무 그리고 산과 언덕
온 누리 위에 스며 번진
가을의 저 슬픈 눈을 보아라.

정녕코 오늘 저녁은
비길 수 없이 정한 목숨이 하나
어디로 물같이 흘러가 버리는가 보다.

권기범, 가을 저녁의 시·1, 화선지에 먹, 70×135cm, 2022

밤의 시

왜 저것들은 소리가 없는가
집이며 나무며 산이며 바다며
왜 저것들은
죄지은 듯 소리가 없는가
바람이 죽고
물소리가 가고
별이 못 박힌 뒤에는
나뿐이다 어디를 봐도
광대무변한 이 천지간에 숨 쉬는 것은
나 혼자뿐이다.
나는 목메인 듯
누를 불러볼 수도 없다
부르면 눈물이
작은 호수만큼 쏟아질 것만 같다
—이 시간
집과 나무와 산과 바다와 나는
왜 이렇게도 약하고 가난한가
밤이여
나보다도 외로운 눈을 가진 밤이여

김선두, 밤의 시, 장지에 먹·분채, 94×64cm, 2022

담

깊이 잠겨든다. 싸늘한 촉감에 왼몸이 어지러워진다. 한
송이 연꽃도 너풀거리지 않고, 이상한 새들의 노래 같은 것
도 들리지 않는다.

캄캄한 바닥에선 하이얀 촉루들이 껄껄대며 아가리를 벌
리고 일제히 일어선다. 귀를 기울이면 어머님의 울음소리도
들려오고…… 이 소의 수심을 나는 모른다.

『기旗』

기

1

제일 용맹한 전사의 손에 잡힌 너는, 질타하고 명령하던 전장
에서의 너는,
우리들 마지막 성이었다.
기여,
우리들 처음인 출범이었다.
돛대 위에서 항구의 하늘을 노래처럼 흔들던 기여,

펄떡이던 기.
수지운 시늉으로 나부끼던 기.
끝없는 하늘가에 저마다 올려 건 기, 기,
빛나는 천의 눈동자에 새겨진, 그것이 넘쳐흐르는 물결이었다.

2

기를 위하여 훈장도 없이 용맹하던 사람들은 쓰러져 갔다.
쓰러진 사람들을 불러 보아라.

가슴같이 부풀은 하늘의 저기, 그들 무명의 전사들의 아
름다운 이름을 불러 보아라.

지금은
저마다 가슴에 인 찍어야 할 때,
아! 천구백이십육년, 노을빛으로 저물어 가는
알프스의 산령에서 외로이 쓰러져 간 라이나·마리아·릴
케의 기여,

『제1시집』

봄 B

복사꽃 그늘에 서면
내 귀는 새보얀 등불을 켠다

풀밭에 배암이 눈 뜨는 소리
논두렁에 밈둘레가 숨 쉬는 소리

복사꽃 그늘에 서면
내 귀는 새보얀 등불을 켠다

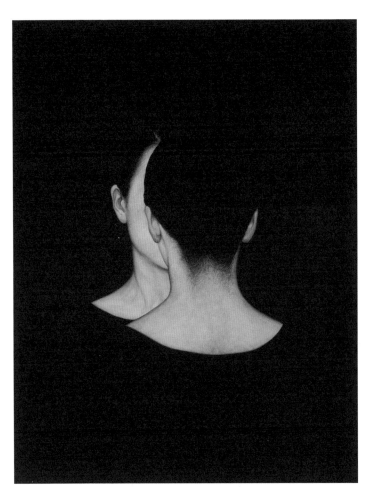

이진주, Unseen 2, 광목에 채색, JB블랙, 50.5×64cm, 2021

『꽃의 소묘素描』

그 이야기를……

인천에서
아가야,
웃음 짓는 네 미간을 바라고
이국의 한 아저씨는 방아쇠를 당겼다.
어느 시인은
한 마리의 나비가 나는 데에도
전 우주가 필요하다고 하였지만,
아가야,
네가 저승으로 나는 데에는
이국 아저씨의 한 발의 총알만으로 충분하였다.
가서
라케다이몬의 형제들에 전하여 다오.
천구백오십육년 가을,
부다페스트에서 죽어 간 그 소녀의 이야기를
전하여 다오.
불란서의 폭격기가
사키에 · 시디 · 유세프의 국민학교를 폭격한 이야기를 전하여다오.
사과나무에 열린 사과알처럼
귀여운 어린이들이

일순의 화염과 함께 상공으로 튄
그 이야기를 전하여 다오.
가슴의 뜨거운 눈물 외에
무엇 하나 가진 것이 없는 우리는
죽어 가는 어린이들의 눈을 감겨 줄 꽃 한 송이
비둘기 한 마리를 날리지 못했다는
그 이야기를 전하여 다오.
가서
라케다이몬의 형제들에 전하여 다오.
그날 우리가 든 조기가
초연에 덮인 연회색의 하늘에서
다만 오열하더라는 이야기를
전하여 다오.

꽃

내가 그의 이름을 불러 주기 전에는
그는 다만
하나의 몸짓에 지나지 않았다.

내가 그의 이름을 불러 주었을 때
그는 나에게로 와서
꽃이 되었다.

내가 그의 이름을 불러 준 것처럼
나의 이 빛깔과 향기에 알맞는
누가 나의 이름을 불러다오.
그에게로 가서 나도
그의 꽃이 되고 싶다.

우리들은 모두
무엇이 되고 싶다.
너는 나에게 나는 너에게
잊혀지지 않는 하나의 눈짓이 되고 싶다.

문선미, 꽃, 캔버스에 유화, 91×116.8cm, 2022

분수

1

발돋움하는 발돋움하는 너의 자세는
왜 이렇게
두 쪽으로 갈라져서 떨어져야 하는가,

그리움으로 하여

왜 너는 이렇게
산산이 부서져서 흩어져야 하는가,

2

모든 것을 바치고도
왜 나중에는
이 찢어지는 아픔만을
가져야 하는가,

네가 네 스스로에 보내는

이별의
이 안타까운 눈짓만을 가져야 하는가.

3

왜 너는
다른 것이 되어서는 안 되는가,

떨어져서 부서진 무수한 네가
왜 이런
선연한 무지개로
다시 솟아야만 하는가,

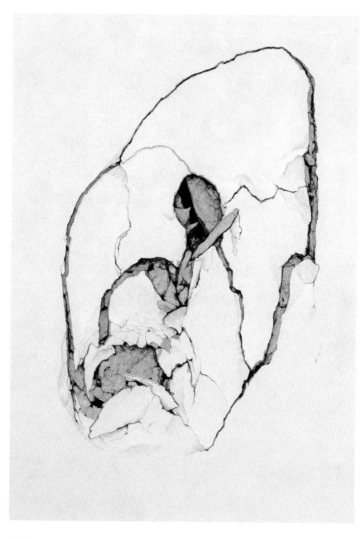

이진주, 흔들리는 것(The Waver), 광목에 채색, 33×46.5cm, 2022

꽃의 소묘素描

1

꽃이여, 네가 입김으로
대낮에 불을 밝히면
환히 금빛으로 열리는 가장자리,
빛깔이며 향기며
화분이며…… 나비며 나비며
축제의 날은 그러나
먼 추억으로서만 온다.

나의 추억 위에는 꽃이여,
네가 머금은 이슬의 한 방울이
떨어진다.

2

사랑의 불 속에서도
나는 외롭고 슬펐다.

사랑도 없이
스스로를 불태우고도
죽지 않는 알몸으로 미소하는
꽃이여,

눈부신 순금의 천의 눈이여,
나는 싸늘하게 굳어서
돌이 되는데,

3

네 미소의 가장자리를
어떤 사랑스런 꿈도
침범할 수는 없다.

금술 은술을 늘이운
머리에 칠보화관을 쓰고
그 아가씨도
신부가 되어 울며 떠났다.

꽃이여, 너는
아가씨들의 간을
쪼아 먹는다.

4

너의 미소는 마침내
갈 수 없는 하늘에
별이 되어 박힌다.

멀고 먼 곳에서
너는 빛깔이 되고 향기가 된다.
나의 추억 위에는 꽃이여,

네가 머금은 이슬의 한 방울이
떨어진다.
너를 향하여 나는
외로움과 슬픔을
던진다.

권기범, 꽃의 소묘, 화선지에 먹, 70×135cm, 2022

꽃을 위한 서시

나는 시방 위험한 짐승이다
나의 손이 닿으면 너는
미지의 까마득한 어둠이 된다.

존재의 흔들리는 가지 끝에서
너는 이름도 없이 피었다 진다.
눈시울에 젖어 드는 이 무명의 어둠에
추억의 한 접시 불을 밝히고
나는 한밤 내 운다.

나의 울음은 차츰 아닌 밤 돌개바람이 되어
탑을 흔들다가
돌에까지 스미면 금이 될 것이다.

⋯⋯ 얼굴을 가리운 나의 신부여,

박영근, 꽃을 위한 서시, 포맥스에 유화, 50×69cm, 2022

나목과 시

1

시를 잉태한 언어는
피었다 지는 꽃들의 뜻을
든든한 대지처럼
제 품에 그대로 안을 수가 있을까,
시를 잉태한 언어는
겨울의
설레이는 가지 끝에
설레이며 있는 것이 아닐까,
일진의 바람에도 민감한 촉수를
눈 없고 귀 없는 무변으로 뻗으며
설레이는 가지 끝에
설레이며 있는 것이 아닐까,

2

이름도 없이 나를 여기다 보내 놓고
나에게 언어를 주신

모국어로 불러도 싸늘한 어감의
하나님,
제일 위험한 곳
이 설레이는 가지 위에 나는 있읍니다.
무슨 층계의
여기는 상의 끝입니까,
위를 보아도 아래를 보아도
발뿌리가 떨리는 것입니다.
모국어로 불러도 싸늘한 어감의
하나님,
안정이라는 말이 가지는
그 미묘하게 설레이는 의미 말고는
나에게 안정은 없는 것입니까,

3

엷은 햇살의
외로운 가지 끝에
언어는 제만 혼자 남았다.
언어는 제 손바닥에
많은 것들의 무게를 느끼는 것이다.
그것은 몸 저리는
희열이라 할까, 슬픔이라 할까,

어떤 것들은 환한 얼굴로
언제까지나 웃고 있는데,
어떤 것들은 서운한 몸짓으로
떨어져 간다.
─그것들은 꽃일까,
외로운 가지 끝에
혼자 남은 언어는
많은 것들이 두고 간
그 무게의 명암을
희열이라 할까, 슬픔이라 할까,
이제는 제 손바닥에 느끼는 것이다.

4

새야,
그런 위험한 곳에서도
너는
잠시 자불음에 겨운 눈을 붙인다.
삼월에는 햇살도
네 등덜미에서 졸고 있다.
너희들처럼
시도
잠시 자불음에 겨운 눈을 붙인다.

비몽사몽간에
시는 우리가
한동안 씹어 삼킨 과실들의 산미를
미주로 빚어 영혼을 적신다.
시는 해설이라서
심상의 가장 은은한 가지 끝에
빛나는 금속성의 음향과 같은
음향을 들으며
잠시 자불음에 겨운 눈을 붙인다.

김선두, 나목과 시, 장지에 먹, 94×65cm, 2022

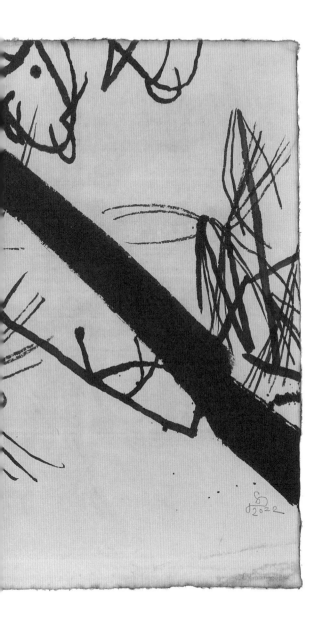

릴케의 장

세계의 무슨 화염에도 데이지 않는
천사들의 순금의 팔에 이끌리어
자라가는 신들,
어떤 신은
입에서 코에서 눈에서
돋쳐나는 암흑의 밤의 손톱으로
제 살을 할퀴어서 피를 내지만
살점에서 흐르는 피의 한 방울이
다른 신에 있어서는
다시 없는 의미의 향료가 되는 것을,
라이너어·마리아·릴케,
당신의 눈은 보고 있다.
천사들이 겨울에도 얼지 않는 손으로
나무에 꽃을 피우고 있는 것을,
죽어간 소년의 등 뒤에서
또 하나의 작은 심장이 살아나는 것을,
라이너어·마리아·릴케,
당신의 눈은 보고 있다.
하늘에서

죽음의 재는 떨어지는데,
이제사 열리는 채롱의 문으로
믿음이 없는 새는
어떤 몸짓의 날개를 치며 날아야 하는가를.

최석운, 릴케의 장, 캔버스에 아크릴, 45×33.5cm, 2022

『부다페스트에서의 소녀의 죽음』

부다페스트에서의 소녀의 죽음

다늄강에 살얼음이 지는 동구의 첫겨울
가로수 잎이 하나둘 떨어져 딩구는 황혼 무렵
느닷없이 날아온 수발의 쏘련제 탄환은
땅바닥에
쥐새끼보다도 초라한 모양으로 너를 쓰러뜨렸다.
순간,
바숴진 네 두부는 소스라쳐 삼십 보 상공으로 튀었다.
두부를 잃은 목통에서는 피가
네 낯익은 거리의 포도를 적시며 흘렀다.
—너는 열세 살이라고 그랬다.
네 죽음에서는 한 송이 꽃도
흰 깃의 한 마리 비둘기도 날지 않았다.
네 죽음을 보듬고 부다페스트의 밤은 목놓아 울 수도 없었다.
죽어서 한결 가비여운 네 영혼은
감시의 일만의 눈초리도 미칠 수 없는
다늄강 푸른 물결 위에 와서
오히려 죽지 못한 사람들을 위하여 소리 높이 울었다.
다늄강은 맑고 잔잔한 흐름일까,
요한·슈트라우스의 그대로의 선율일까,
음악에도 없고 세계지도에도 이름이 없는

한강의 모래사장의 말 없는 모래알을 움켜쥐고
왜 열세 살 난 한국의 소녀는 영문도 모르고 죽어 갔을까,
죽어 갔을까, 악마는 등 뒤에서 웃고 있었는데
열세 살 난 한국의 소녀는
잡히는 것 아무것도 없는
두 손을 허공에 저으며 죽어 갔을까,
부다페스트의 소녀여, 네가 한 행동은
네 혼자 한 것 같지가 않다.
한강에서의 소녀의 죽음도
동포의 가슴에는 짙은 빛깔의 아픔으로 젖어든다.
기억의 분한 강물은 오늘도 내일도
동포의 눈시울에 흐를 것인가,
흐를 것인가, 영웅들은 쓰러지고 두 달의 항쟁 끝에
너를 겨눈 같은 총뿌리 앞에
네 아저씨와 네 오빠가 무릎을 꾼 지금,
인류의 양심에서 흐를 것인가,
마음 약한 베드로가 닭 울기 전 세 번이나 부인한 지금,
다늅강에 살얼음이 지는 동구의 첫겨울
가로수 잎이 하나둘 떨어져 딩구는 황혼 무렵
느닷없이 날아온 수발의 쏘련제 탄환은
땅바닥에
쥐새끼보다도 초라한 모양으로 너를 쓰러뜨렸다.
부다페스트의 소녀여,
내던진 네 죽음은

죽음에 떠는 동포의 치욕에서 역으로 싹튼 것일까,
싹은 비정의 수목들에서보다
치욕의 푸른 멍으로부터
자유를 찾는 네 뜨거운 핏속에서 움튼다.
싹은 또한 인간의 비굴 속에 생생한 이마아쥬로 움트며 위협하고
한밤에 불면의 염염한 꽃을 피운다.
부다페스트의 소녀여,

박영근, 부다페스트에서의 소녀의 죽음, 캔버스에 유화, 34×77cm, 2022

나목과 시 서장

겨울하늘은 어떤 불가사의의 깊이에로 사라져 가고,
있는 듯 없는 듯 무한은
무성하던 잎과 열매를 떨어뜨리고
무화과 나무를 나체로 서게 하였는데,
그 예민 예민한 가지 끝에
닿을 듯 닿을 듯하는 것이
시일까,
언어는 말을 잃고
잠자는 순간,
무한은 미소하며 오는데
무성하던 잎과 열매는 역사의 사건으로 떨어져 가고,
그 예민한 가지 끝에
명멸하는 그것이
시일까,

『타령조打令調 · 기타其他』

타령조 · 1

사랑이여, 너는
어둠의 변두리를 돌고 돌다가
새벽녘에사
그리운 그이의
겨우 콧잔등이나 입언저리를 발견하고
먼동이 틀 때까지 눈이 밝아 오다가
눈이 밝아 오다가, 이른 아침에
파이프나 입에 물고
어슬렁어슬렁 집을 나간 그이가
밤, 자정이 넘도록 돌아오지 않는다면
어둠의 변두리를 돌고 돌다가
먼동이 틀 때까지 사랑이여, 너는
얼마만큼 달아서 병이 되는가,
병이 되며는
무당을 불러다 굿을 하는가,
넋이야 넋이로다 넋반에 담고
타고동동 타고동동 구슬채찍 휘두르며
역귀신하는가,
아니면, 모가지에 칼을 쓴 춘향이처럼
머리칼 열 발이나 풀어뜨리고

저승의 산하나 바라보는가,
사랑이여, 너는
어둠의 변두리를 돌고 돌다가……

권기범, 타령조·1, 한지에 혼합재료, 90×90cm, 2022

타령조 · 2

저
머나먼 홍모인의 도시
비엔나로 갈까나,
프로이드 박사를 찾아갈까나,
뱀이 눈뜨는
꽃피는 내 땅의 삼월 초순에
내 사랑은
서해로 갈까나 동해로 갈까나,
용의 아들
라후라 처용아빌 찾아갈까나,
엘리엘리나마사박다니
나마사박다니, 내 사랑은
먼지가 되었는가 티끌이 되었는가,
굴러가는 역사의
차바퀴를 더럽히는 지린내가 되었는가
구린내가 되었는가,
썩어서 과목들의 거름이나 된다면
내 사랑은
뱀이 눈뜨는
꽃피는 내 땅의 삼월 초순에,

문선미, 타령조·2, 캔버스에 유화·목탄, 53×72.2cm, 2022

타령조 · 3

지귀야,
네 살과 피는 삭발을 하고
가야산 해인사에 가서
독경이나 하지.
환장한 너는
종로 네거리에 가서
남녀노소의 구둣발에 차이기나 하지.
금팔찌 한 개를 벗어 주고
선덕여왕께서 도리천의 여왕이 되신 뒤에
지귀야,
네 살과 피는 삭발을 하고
가야산 해인사에 가서
독경이나 하지.
환장한 너는
종로 네거리에 가서
남녀노소의 구둣발에 차이기나 하지.
때마침 내리는
밤과 비에 젖기나 하지.
오한이 들고 신열이 나거들랑

네 살과 피는 또 한번 삭발을 하고
지귀야,

타령조 · 8

등골뼈와 등골뼈를 맞대고
당신과 내가 돌아누우면
아데넷사람 플라톤이 생각난다.
잃어버린 유년, 잃어버린 사금파리 한 쪽을 찾아서
당신과 나는 어느 이데아 어느 에로스의 들창문을
기웃거려야 하나,
보이지 않는 것의 깊이와 함께
보이지 않는 것의 무게와 함께
육신의 밤과 정신의 밤을 허위적거리다가
결국은 돌아와서 당신과 나는
한 시간이나 두 시간 피곤한 잠이나마
잠을 자야 하지 않을까,
당신과 내가 돌아누우면
등골뼈와 등골뼈를 가르는
오열과도 같고, 잃어버린 하늘
잃어버린 바다와 잃어버린 작년의 여름과도 같은
용기가 있다면 그것을 참고 견뎌야 하나
참고 견뎌야 하나, 결국은 돌아와서
한 시간이나 두 시간 내 품에

꾸겨져서 부끄러운 얼굴을 묻고
피곤한 잠을 당신이 잠들 때,

나의 하나님

사랑하는 나의 하나님, 당신은
늙은 비애다.
푸줏간에 걸린 커다란 살점이다.
시인 릴케가 만난
슬라브 여자의 마음속에 갈앉은
놋쇠 항아리다.
손바닥에 못을 박아 죽일 수도 없고 죽지도 않는
사랑하는 나의 하나님, 당신은 또
대낮에도 옷을 벗는 어리디어린
순결이다.
삼월에
젊은 느릅나무 잎새에서 이는
연둣빛 바람이다.

최석운, 나의 하나님, 종이에 아크릴·오일파스텔, 56×76.5cm, 2022

샤갈의 마을에 내리는 눈

샤갈의 마을에는 삼월에 눈이 온다.
봄을 바라고 섰는 사나이의 관자놀이에
새로 돋은 정맥이
바르르 떤다.
바르르 떠는 사나이의 관자놀이에
새로 돋은 정맥을 어루만지며
눈은 수천수만의 날개를 달고
하늘에서 내려와 샤갈의 마을의
지붕과 굴뚝을 덮는다.
삼월에 눈이 오면
샤갈의 마을의 쥐똥만 한 겨울 열매들은
다시 올리브빛으로 물이 들고
밤에 아낙들은
그해의 제일 아름다운 불을
아궁이에 지핀다.

박영근, 샤갈의 마을에 내리는 눈, 캔버스에 유화, 90×90cm, 2022

겨울밤의 꿈

저녁 한동안 가난한 시민들의
살과 피를 데워주고
밥상머리에
된장찌개도 데워주고
아버지가 식후에 석간을 읽는 동안
아들이 식후에
이웃집 라디오를 엿듣는 동안
연탄가스는 가만가만히
주라기의 지층으로 내려간다.
그날 밤
가난한 서울의 시민들은
꿈에 볼 것이다.
날개에 산홋빛 발톱을 달고
앞다리에 세 개나 새끼 공룡의
순금의 손을 달고
서양 어느 학자가
Archaeopteryx라 불렀다는
주라기의 새와 같은 새가 한 마리
연탄가스에 그을린 서울의 겨울의
제일 낮은 지붕 위에
내려와 앉는 것을,

이진주, 손끝(Fingertip), 광목에 채색, JB블랙, 35×31.5cm, 2020

시 · 1

동체에서 떨어져 나간 새의 날개가
보이지 않는 어둠을 혼자서 날고
한 사나이의 무거운 발자국이 지구를 밟고 갈 때
허물어진 세계의 안쪽에서 우는
가을벌레를 말하라.
아니
바다의 순결했던 부분을 말하고
베꼬니아의 꽃잎에 드는
아침 햇살을 말하라.
아니
그을음과 굴뚝을 말하고
겨울 습기와
한강변의 두더지를 말하라.
동체에서 떨어져 나간 새의 날개가
보이지 않는 어둠을 혼자서 날고
한 사나이의 무거운 발자국이
지구를 밟고 갈 때,

김선두, 시·1, 장지에 먹, 54×77cm, 2022

시 · 3

사과나무의 천의 사과알이
하늘로 깊숙이 떨어지고 있고
뚝 뚝 뚝 떨어지고 있고
금붕어의 지느러미를 움직이게 하는
어항에는 크나큰 바다가 있고
바다가 너울거리는 녹음이 있다.
그런가 하면
비에 젖는 섣달의 산다화가 있고
부러진 못이 되어
길바닥을 딩구는 사랑도 있다.

동국

미 8군 후문
철조망은 대문자로 OFF LIMIT
아이들이 오륙인 둘러앉아
모닥불을 피우고 있다.
아이들의 구기자빛 남근이
오들오들 떨고 있다.
동국 한 송이가 삼백오십 원에
일류 예식장으로 팔려 간다.

처용

인간들 속에서
인간들에 밟히며
잠을 깬다.
숲속에서 바다가 잠을 깨듯이
젊고 튼튼한 상수리나무가
서 있는 것을 본다.
남의 속도 모르는 새들이
금빛 깃을 치고 있다.

최석운, 처용, 종이에 아크릴, 56×76.5cm, 2022

봄 바다

모발을 날리며 오랜만에
바다를 바라고 섰다.
눈보라도 걷히고
저 멀리 물거품 속에서
제일 아름다운 인간의 여자가
탄생하는 것을 본다.

인동잎

눈 속에서 초겨울의
붉은 열매가 익고 있다.
서울 근교에서는 보지 못한
꽁지가 하얀 작은 새가
그것을 쪼아먹고 있다.
월동하는 인동잎의 빛깔이
이루지 못한 인간의 꿈보다도
더욱 슬프다.

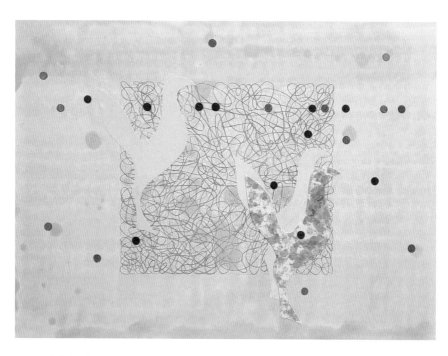

권기범, 인동잎, 종이에 혼합재료, 42×30cm, 2022

유년시 · 1

호주 아이가
한국의 참외를 먹고 있다.
호주 선교사네 집에는
호주에서 가지고 온 뜰이 있고
뜰 위에는
그네들만의 여름하늘이 따로 또 있는데

길을 오면서
행주치마를 두른 천사를 본다.

이진주, 여름(The Summer), 광목에 채색, 40×40cm, 2022

유년시 · 2

누군가의
돌멩이를 쥔 주먹이 어디선가
나를 노리고 있다.
꿈속에서도 부들부들 몸을 떨면서
한껏 노리고 있다.
은전 두 개를 다 털어
나는 용서를 빈다.

처용 삼장

1

그대는 발을 좀 삐었지만
하이힐의 뒷굽이 비칠하는 순간
그대 순결은
형이 좀 틀어지긴 하였지만
그러나 그래도
그대는 나의 노래 나의 춤이다.

2

유월에 실종한 그대
칠월에 산다화가 피고 눈이 내리고,
난로 위에서
주전자의 물이 끓고 있다.
서촌 마을의 바람받이 서북쪽 늙은 회나무,
맨발로 달려간 그날로부터 그대는
내 발가락의 티눈이다.

3

바람이 인다. 나뭇잎이 흔들린다.
바람은 바다에서 온다.
생선 가게의 납새미 도다리도
시원한 눈을 뜬다.
그대는 나의 지느러미 나의 바다다.
바다에 물구나무선 아침 하늘,
아직은 나의 순결이다.

『처용處容』

눈물

남자와 여자의
아랫도리가 젖어 있다.
밤에 보는 오갈피나무,
오갈피나무의 아랫도리가 젖어 있다.
맨발로 바다를 밟고 간 사람은
새가 되었다고 한다.
발바닥만 젖어 있었다고 한다.

문선미, 눈물, 캔버스에 목탄·유화, 53×45cm, 2022

『꽃의 소묘(1977)』

대지진

한밤에 깨어보니
일만 개의 영산홍이 깨어 있다.
그들 중
일만 개는 피 흘리며
한밤에 떠 있다.
밤은 갈라지고, 혹은 찢어지고
또 다른 일만 개의 영산홍 위에 쓰러진다.
밤은 부러지고
탈장하고
별들은 죽어 있다.
별들은 무덤이지만
영산홍은 일만 개의 밤이다.
눈 뜨고 밤에 깨어 있다.
깨어 있는 것은 쓰러지고
피 흘리고
한밤에 떠 있다.
마침내 비단붕어는 눈 뜨리라.
지렁이가 눈에 불을 켜고
별이 또 떨어지리라.

바다는 갈라지고
밤도 어둠도 갈라지고 갈라지고
땅은 가장 깊이에서 갈라지고
개미만 두 마리 살아나리라.
영산홍의 바다,
일만 개의 영산홍이 깨어 있다.
커다란 슬픔으로
그것은 부러진다.
영산홍 일만 개의 모가지가
밤을 부수고 있다.
맨발의 커다란 밤이 하나
짓누르고 있다.
어둠들이 거기서 새어 나온다.
어둠들이 또 한번 밤을 이룬다.
갈라진다.
혹은 찢어진다.

『남천』

하늘수박

바보야, 우찌 살꼬
바보야,
하늘수박은 올리브빛이다 바보야,
바람이 자는가 자는가 하더니
눈이 내린다 바보야,
우찌 살꼬 바보야,
하늘수박은 한여름이다 바보야,
올리브 열매는 내년 가을이다 바보야,
우찌살꼬 바보야,
이 바보야,

낮달

여황산아 여황산아, 네가 대낮에
낮달을 안고 누웠구나.
머리칼 다 빠지고
눈도 귀도 먹었구나.
충무시 동호동
배꽃이 새로 피는데
여황산아 여황산아, 네가 대낮에
낮달을 안고 누웠구나.
바래지고 사그라지고, 낮달은
네 품에서 오래오래 살았구나.

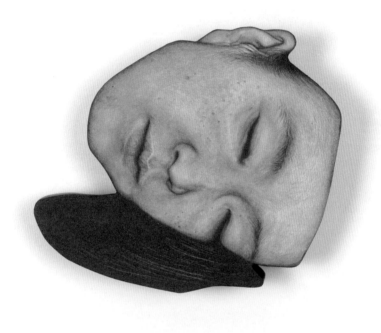

이진주, 눈물(Your Tears), 오동나무·광목에 채색, 19×22.5cm, 2022

풍란

나이 쉰다섯에
하늘 위 집 한 채 짓고
멀리 지리산 후박나무 바라본다.
백목련 지고
자목련도 지고
이제야 기동하는 후박나무 꽃송이,
노고단 희디흰 구름으로
피어오른다.
나비 한 마리 서해로 건너가고
여름이 수국빛으로 다가온다.
은은한 소리,
만지면 꿈이 될
바람에 뿌리박은
그 소리 들려온다.

이중섭 · 3

바람아 불어라,
서귀포에는 바다가 없다.
남쪽으로 쏠리는
끝없는 갈대밭과 강아지풀과
바람아 네가 있을 뿐
서귀포에는 바다가 없다.
아내가 두고 간
부러진 두 팔과 멍든 발톱과
바람아 네가 있을 뿐
가도 가도 서귀포에는
바다가 없다.
바람아 불어라,

내가 만난 이중섭

광복동에서 만난 이중섭은
머리에 바다를 이고 있었다.
동경에서 아내가 온다고
바다보다도 진한 빛깔 속으로
사라지고 있었다.
눈을 씻고 보아도
길 위에
발자욱이 보이지 않았다.
한참 뒤에 나는 또
남포동 어느 찻집에서
이중섭을 보았다.
바다가 잘 보이는 창가에 앉아
진한 어둠이 깔린 바다를
그는 한 뼘 한 뼘 지우고 있었다.
동경에서 아내는 오지 않는다고,

김선두, 내가 만난 이중섭, 장지에 먹·분채, 47×64cm, 2022

『라틴 점묘, 기타』

토레도 대성당

천사는
전신이 눈이라고 한다.
철학자 쉐스토프가 한 말이지만
토레도 대성당 돔의
천정의
좁은 뚜껑문을 열고 그때
내 육체가 하늘로 가는 것을
그네는 보았다.
색깔유리로 된
수많은 작은 창문들이 흔들리고
지상에서 한없이 멀어져 가는
내 육체의 갑작스런 죽음을
천사,
그네는 보았다.

여름 어느 날에

물 한 통 길어주고 있다.
세 살 난 조랑말의 덜미를
어루만지고 있다.
여름인데도 저녁에는 진눈깨비가 내린다.
오늘 하루도 무사히 끝났다고,
그러나 그게 아니다.
아우슈뷔츠의 굴뚝, 우는 아이를 삼킨
임진강의 물살을
어느 날 그만 보고 만다.
그때로부터 그대는
술 없는 사막을 혼자서 가고 있다, 고 생각한다.
발등이 부어 있다.
그런 일들을 그대는 또한
장편이라고 하고 문장수업이라고 한다.

『서서 잠자는 숲』

새

  나는 그때 방문 한복판에 내 낯짝만 한 크기로 박혀 있는 유리 조각에 얼굴을 대고 밖을 내다보고 있었다.

  그 새는 꽁지 끝이 희고 몸뚱이에 비해 꽁지가 긴 편이다. 등의 털은 다갈색이다. 어른의 손 길이만 할까 그만한 크기의 새다. 뜰에는 사철나무 열매가 붉게 빛나고 있다. 눈이 내린 뒤의 설청의 하늘이다. 새는 눈 속의 그 사철나무 붉은 열매를 쪼아먹고 있다. 동생은 구둘목에서 잠이 들어 있고 어머님은 인두질을 하고 계신다. 화로에 잿불이 하얗게 식어가고 있다.

  그 뒤로 나는 나이가 들고 집을 떠나 유학길에 있었다. 서울의 하숙에서 겨울을 처음 맞게 되었다. 그해 겨울은 유난히도 눈이 많이 왔다. 학교에서는 겨울행사로 토끼잡이 사냥을 갔다. 소사다. 산 위 능선에다 그물을 쳐놓고 밑에서 고함을 지르며 몰이를 한다. 정신없이 몰이를 해가다가 나는 문득 눈 속에 야생의 새빨간 열매 하나를 보았다. 그러자 웬일일까. 그 새의 눈이 똥그랗게 나를 보고 있다. 그날 사냥에서는 토끼 두 마리를 잡았다. 죽은 토끼들의 눈이 왠지 자꾸 생각났다.

  나는 다니던 학교를 자퇴하고 늦가을에 잠시 집에 내려와 있었다. 우리가 뒤청이라고 부르던 뒤채의 대청마루에 나는 멍하니 앉아 있었다. 저녁 무렵이다. 서쪽 하늘이 훤하게 낙일을 받고 있었다. 뒤청은 북면이다. 뒤청 앞에 뒤뜰이 있고 그 저쪽에 높이 쌓아 올린 축대가 있고 그 축대 또 저쪽의 비탈진 곳에 집이 여러 채 모여 있다. 그중의 한 채, 그 한 채에는 마당 한쪽에 고목이 된 우람한 느티나무가 한 그루 서 있다. 망개나무 넝쿨이 온몸을 휘감고 있다. 망개알 몇 선연한 빛깔로 아직도 지지 않고 있다. 그러자 그 새가 또 나타났다. 키 큰 조모님은 허리를 구부정히 낮추시고 내 얼굴을 살펴보셨다. 내 눈빛이 달라져 있었던 모양이다. 그 뒤로도 10년에 한번쯤 그 새는 내 앞에 나타나곤 한다.

나비가

　호주 선교사네 집, 그 붉은 벽돌집을 가로막고 있는 탱자나무 울타리 사이로 텅 빈 앞마당의 잔디밭을 넘겨보기도 하고, 언젠가 거기서 늙은 자라를 건져 올리는 것을 본 일이 있는 유치원 뒤뜰의 우물물을 한동안 들여다보기도 했다. 그것들은 무슨 눈짓 같은 것을 보내는 때가 가끔 있었기 때문이다.

　가을이 가고 겨울도 가고 봄이 또 와서 나비가 장다리꽃에 앉는 것을 보았을 때, 나비를 나는 이해할 수가 없었다. 언젠가 수만 수천만의 빛줄기로 흩어져서 한려수도 저쪽으로 가버린 그 많은 천사, 그들 중의 하나가 아닐까, 눈앞이 하얗고 매끌매끌한 그런 것으로 동그랗게 부풀어 오르더니 그것은 어느새 쾌적한 무게로 나를 지그시 누르고 있었다. 그것은 그러나 손에 잡히지가 않았다.

　그해 겨울은 눈송이가 어디선가 아이들이 지피는 모닥불 위에 떨어지고 또 떨어지고 했다.

최석운, 나비가, 캔버스에 아크릴, 23.5×33.5cm, 2022

산보길

어떤 늙은이가 내 뒤를 바짝 달라붙는다. 돌아보니 조막
만 한 다 으그러진 내 그림자다. 늦여름 지는 해가 혼신의
힘을 다해 뒤에서 받쳐주고 있다.

이진주, 다시(Again), 광목에 채색, JB블랙, 40ϕcm, 2022

『호壺』

자유

기적을 울리며 기차는 산모롱이를 돌아서 갔다.
어디쯤 가고 있을까
누군 땅콩을 까고
누군 오징어 다리를 씹고 있을라
자유는 그처럼 저 혼자 흐뭇하다.
차장 밖은 바다
어느새 눈은 수평선에 가 있다.
그 너머는 보이지 않는다.
어쩌나
바다를 봐 버린 자유는
거머쥘 지푸라기 하나 없다.

『의자와 계단』

놀

어느 날, 70년 전의 어느 여름 저녁입니다. 어머니가 장독
간에 간장을 뜨러 갑니다. 어머니의 치마 끝을 붙잡고 나도
아장아장 따라갑니다.

어머니가 어떤 동작을 하다가 무심코 고개를 들어 서쪽
하늘을 바라봅니다. 나도 무심코 어머니의 시선을 따라 서
쪽 하늘을 쳐다봅니다. 그쪽은 온통 놀로 물들어 있습니다.

놀로 물든 하늘이 어머니 볼을 적십니다. 어머니의 볼도
놀빛으로 불그스름 물들어갑니다. 나도 또 그런 어머니의
볼을 눈을 똥그랗게 뜨고 하염없이 들여다봅니다. 그러자
내 눈의 꺼풀을 젖히고 예쁜 간장종지를 든 어머니가 샤갈
의 그림에서처럼 내 눈 안으로 선뜻 들어옵니다. 그 뒤로 어
머니는 소식이 묘연합니다.

『거울 속의 천사』

슬픔이 하나

어제는 슬픔이 하나
한려수도 저 멀리 물살을 따라
남태평양 쪽으로 가버렸다.
오늘은 또 슬픔이 하나
내 살 속을 파고든다.
내 살 속은 너무 어두워
내 눈은 슬픔을 보지 못한다.
내일은 부용꽃 피는
우리 어느 둑길에서 만나리
슬픔이여,

문선미, 슬픔이 하나, 캔버스에 목탄·유화, 65.1×90.9cm, 2022

명일동 천사의 시

앵초꽃 핀 봄날 아침 홀연
어디론가 가버렸다.
비쭈기나무가 그늘을 치는
돌벤치 위
그가 놓고 간 두 쪽의 희디흰 날개를 본다.
가고 나서
더욱 가까이 다가온다.
길을 가면 저만치
그의 발자국 소리 들리고
들리고
날개도 없이 얼굴 지운,

최석운, 명일동 천사의 시, 캔버스에 아크릴, 100×80.3cm, 2022

금잔화

바람이 밤새 파도를 밀어올린다.
(미당은 울렁이는 가슴이라고 했다.)
떨어져 깨지는 것은 결국
하늘이다.
땅에도 조금은 금이 가고
영문을 몰라
지렁이가 곰틀곰틀 몸을 곰틀거린다.
아침이 다 왔는데
무슨 꿈을 꾸기에
금잔화
저 여린 것들은 눈을 뜨지 않나,

박영근, 금잔화, 캔버스에 유화, 72×61cm, 2022

an event

망가진 길이
이쪽으로 힘없이 눈을 주고 있다.
파꽃이 드문드문 핀
남새밭이 있다.
반딧불만 한 불이 켜지고
새벽녘에 바다가 운다.
하늘과 별은 편액 밖으로 저만치 물러가 있다.
그 집은
대낮에 들보 하나가 부스럭거리고
그런 날은 누가
쏴 쏴 소나기를 몰고 온다. 그 소나기
어디서 본 듯한 얼굴이다.

박영근, an event, 포맥스에 유화, 69×50cm, 2022

오늘의 풍경

엊그저께는 가까이 아주 가까이
볼기짝이 엉덩이를 따랐는데
오늘은 멀리멀리
엉덩이가 볼기짝을 밀치며 용을 쓰는
그들 모두를 위하여 나는 시를 쓴다.

권기범, 오늘의 풍경, 종이에 혼합재료, 42×30cm, 2022

『쉰한 편의 비가悲歌』

제1번 비가

여보, 하는 소리에는
서열이 없다.
서열보다 더 아련하고 더 그윽한
구배가 있다. 조심조심
나는 발을 디딘다. 아니
발을 놓는다.
왠일일까 하늘이 모자를 벗고
물끄럼 말끄럼 나를 본다.
눈이 부신 듯
나를 본다. 새삼
엊그제의 일인 듯이 그렇게
나를 본다.
오지랖에 귀를 묻고
누가 들을라,
사람들은 다 가고 그 소리 울려오는
여보, 하는 그 소리
그 소리 들으면 어디서
낯선 천사 한 분이 나에게로 오는 듯한,

김선두, 제1번 비가, 장지에 먹·분채, 54×77cm, 2022

제2번 비가

아내라는 말에는
소금기가 있다. 보들레르의 시에서처럼
나트리움과 젓갈 냄새가 난다.
쥐오줌풀에 밤이슬이 맺히듯
이 세상 어디서나
꽃은 피고 꽃은 진다. 그리고
간혹 쇠파이프 하나가 소리를 낸다.
길을 가면 내 등 뒤에서
난데없이 소리를 낸다. 간혹
그 소리 겨울밤 내 귀에 하염없다.
그리고 또 그 다음
마른 나무에 새 한 마리 앉았다 간다.
너무 서운하다.

제8번 비가

지아비 지어미 되어
우리가 함께 지낸 쉰다섯 해,
엊그제 같다.

어떤 겨울은 눈이 한 번도 오지 않아
강아지가 몸을 사리고
봄이 와도
보리잎이 고개를 들지 않았다.
어떤 겨울은 또
눈이 너무 자주 너무 많이 와서
자전거도 버리고 다칠세라
우리는 눈 높이로 길을 냈다.
그러나 그까짓
어인 추럭 한 대가 짓이기고 갔다.
무슨 낯으로 이듬해는 또
봄에 은싸라기 같은 싸락눈이 내렸노,
환히 동백꽃도 벙그는데
지금 보니 그 뒤쪽은
캄캄한 어둠이다.

제15번 비가
—페르소나

왠지 바다로 가서 발을 담근다.
발톱에 스미는 바닷물이 짜디짜다.
왠지 해 뜨면 또 바다로 간다.
슬픔을 달래는 손바닥이 둘
마주 보며 웃고 있다.
멀어져가는 발소리 하나가 아득히
다가온다.
그쪽에는 또 언제나
벙어리로 태어난 눈이 큰 바다가 있다.
조금 갸우뚱,

권기범, 제15번 비가, 한지에 혼합재료, 90×90cm, 2022

제17번 비가
—쓸쓸함에는 체계가 있다.

불국사 뒤뜰 언덕배기
가맣게 탄 망개알, 가을이
그 언저리에 머문다.
강아지 한 마리 본체만체, 그러나
그의 덩덜미에도 가을이 잠시
머문다. 돌아보니
대낮에 철새 한 무리
울고 간다.
그쪽에는 그 옛날
모래 위에 서 있다
모래에 쓸린
호 천 오백 칠십의
누란이란 나라가 있었다.
십 년에 한 번 비가 오면 지금도
양파의 하얀 꽃이 피는,

제32번 비가

발 벗고 맨발로
바다로 간다.
바다의 살갗은 짙은 바닷빛, 바다는
손에 잡힌다. 손안에서 말랑말랑
한없이 긴 고무줄 같다.
잡아당기고 놓아주다가 제물에 바다는
어디로 홀연히 가버린다.
바다를 찾아
별과 함께 밤에도
바다로 간다.
발 벗고 맨발로 언젠가 그때의 그 기억 더듬어
바다로 가면 어디선가
한밤에 바다가 우는 소리를 듣는다.
눈은 내리고,

『쉰한 편의 비가』 이후

강설

역사는 비껴 서지 않는다.
절대로, 그러나
눈이 저만치 찢어지고 턱이 두툼한
(그 왜 있잖나?)

그는 오지 않는다.
오지 않는 것이 오는 거다.
그는,
기다림이 겨울에도 망개알을 익게 하고
익은 망개알을 땅에 떨어뜨린다.
또 한 번 일러주랴.
역사는 비껴 서지 않는다.
절대로, 땅에 떨어진
망개알을 겨울에도 썩게 한다.
썩게 하여 엄마가 아기를 낳듯 그렇게
땅을 우비고 땅을 우비게 한다.
그는 온다고 지금도 오고 있다고,
오지 않는 것이 오고 있는 거라고,

바라보면 멀리 통영
내 생가가 눈을 맞고 있다. 내 눈에
참 오랜만에 보인다.
기왓장 우는 소리.

김선두, 강설, 장지에 먹·분채, 54×77cm, 2022

그리움이 언제 어떻게 나에게로 왔던가

나의 다섯 살은
햇살이 빛나듯이 왔다.
나의 다섯 살은
꽃눈보라처럼 왔다.
꿈에
커다란 파초잎 하나가 기도하듯
나의 온 알몸을 감싸고 또 감싸주었다.
눈 뜨자
거기가 한려수도인 줄도 모르고
발 담그다 담그다 너무 간지러워서
나는 그만 남태평양까지 가버렸다.
이처럼
나의 나이 다섯 살 때
시인 라이나 마리아 릴케가 나에게로 왔다갔다.

문선미, 그리움이 언제 어떻게 나에게로 왔던가,
캔버스에 유화, 65.1×90.9cm, 2022

_____

끝없이 다른 세계로 나아가다

시인 김춘수의 생애

김춘수金春洙는 1922년 11월 25일 경상남도 통영읍에서 3남 1녀 중 장남으로 태어났다. 1939년, 법과대학 진학을 위해 일본 동경으로 건너갔다. 그해 12월 동경의 어느 고서점에서 라이너 마리아 릴케Rainer Maria Rilke의 초기 시집 일역판을 구해 읽고 본격적으로 시에 눈을 뜨게 된다. 1940년 4월 동경의 일본대학 예술학원 창작과에 입학한 김춘수는 1942년 12월에 무고로 투옥되었다. 옥고도 고통이었지만 그곳에서 겪은 사건-자신의 표현에 의하면 '생애를 뒤흔들어 놓은'-을 겪게 된다. 좌파의 존경받는 사상가가 사식으로 들어온 빵을 혼자서 먹는 것을 목격하며 헤아릴 수 없는 정신적 충격을 경험한 것이다. 그는 오해와 무고에 의한 수감생활과 좌파 사상가와의 일화에서 오는 심신의 충격이 자신의 인생에서 트라우마로 남았음을 자전소설『꽃과 여우』를 비롯한 여러 글에서 고백했다. 6개월의 수감 이후 그는 '불령선인'으로 지목되어 조선으로 강제로 송환된다.

강제 귀국한 김춘수는 금강산 장안사에서 요양한 후 1944년 명숙경 씨와 결혼한다. 1945년 해방 이후 통영에서 유치환, 윤이상, 김상옥, 전혁림, 정윤주 등과 통영문화협회를 결성해 야간 중학과 유년원에서 교사로 일하면서 연극, 음악, 미술, 무용 등의 예술운동을 전개했다. 1946년에 통영중학교 교사로 부임한 뒤에는 조선청년문학가협회 경남 본부에서 발행한『해방 1주면 기념 사화집』에 시「애가哀歌」를 발표하고 조향, 김수돈 등과 시 동인지『노만파浪漫派』를 펴낸다. 시인으로서의 본격적인 행보는 1948년에 자비로 첫 시집인『구름과 장미』(행문사)를 펴내면서부터 시작된다. 이후 그는 1950년에 제2시집『늪』(문예사)을, 1951년에 제3시집『기旗』(문예사)를, 1953년에 제4시집『인인隣人』(문예사)을 연달아 발간한다. 김춘수는 한국전쟁 직후 부산 피난 시기에는 후일 '후반기 동인'으로 불리는 당대의 모더니스트들과 교유하고 이들로부터 동인 참여를 권유받기도 했다. 1952년에는 대구에서 설창수, 구상, 이정호, 김윤성 등과 시 비평지『시와 시론』을 창간하는 등 활발하게 문학 활동을 전개한다. 또한 1958년에는 첫 시론집『한국현대시형태론』(해동문화사)을 출간하고 1961년에는『시론-시작법을 겸한』(문호당)을 펴내는 등 시작詩作뿐만 아니라 비평과 시론의 영역에서도 지속적으로 의미 있는 작업을 해나간다. 1959년에 존재론적 탐구를 담은 제5시집 『꽃의 소묘』(백자사)와 제6시집 『부다페스트에서의 소녀의 죽음』(춘조사)을 펴낸 김춘수는 그해 12월 제7회 자유아세아문학상을 수상한다.

한편 1960년에 마산 해인대학(현 경남대학교 전신) 조교수로 발령받았다가 1961년에 경북대학교 국어국문학과 전임 강사로 자리를 옮긴 김춘수는 1964년에 이 대학 국어국문학과 교수로 임용되어 1978년까지 재직했다. 이 시기 대학에 자리를 잡으며 최신 문학 이론들을 섭렵한다. 이를 토대로 시를 가르치며 계속해서 평론과 시론을 쓰는가 하면 자신의 관점에서 한국의 시문학사를 정리해나간다. 시론집으로 『시론』(송원문화사, 1972), 『의미와 무의미』(문학과지성사, 1976), 『시의 표정』(문학과지성사, 1979), 『시의 이해와 작법』(고려원, 1989), 『시의 위상』(둥지, 1991) 등을 출간하며 쉬지 않고 시론 집필과 비평 작업을 병행했다.

김춘수는 본격적으로 무의미시 실험을 시작하는 1960년대 후반부터 장편 연작시 『처용단장』이 마무리되는 1991년까지 왕성하게 작품 활동을 해나간다. 1969년에 제7시집 『타령조 · 기타』(문화출판사)를 출간한 김춘수는 이후 제8시집 『남천南天』(근역서재, 1977), 제9시집 『비에 젖은 달』(근역서재, 1980), 제10시집 『라틴 점묘』(탑출판사, 1988), 제11시집 『처용단장』(미학사, 1991)을 발표한다. 30여 년에 걸쳐 집필한 장편 연작시 『처용단장』의 출간을 계기로 김춘수의 시세계는 변곡점을 지나게 된다. 그 이후의 작업은 시인 스스로의 표현대로 『처용단장』의 세계와는 다른 세계로 나아가기 위한 모색을 반영한다. 뒤이어 그는 제12시집 『서서 잠자는 숲』(민음사, 1993), 제13시집 『호(壺)』(한밭미디어, 1996), 제14시집 『들림, 도스토에프스키』(민음사, 1997), 제15시집 『의자와 계단』(문학세계사, 1999), 제16시집 『거울 속의 천사』(민음사, 2001), 제17시집 『쉰한 편의 비가悲歌』(현대문학, 2002) 등의 시집을 펴낸다. 이처럼 말년까지 쉴 새 없이 창작에 몰두하던 김춘수는 2004년 지병으로 타계했다.

김춘수 시인은 한국시인협회상, 대한민국예술원상, 대산문학상, 인촌상 등을 수상했고 은관문화훈장(1992)을 수여 받았다.

_____

꽃인 듯 눈물인 듯 어쩌면 이야기인 듯

조강석(문학평론가)

1. 꽃인 듯

김춘수 시인이라 하면 보통은 「꽃」을 가장 먼저 떠올린다. 존재론적 탐색을 전개한 것으로 널리 알려진 이 시는 김춘수의 대표작으로 꼽힐 만하다. 한국 시단에 드물었던 형이상학적 사유를 생생한 이미지를 통해 전개한 작품이기 때문이다. 그러나 김춘수를 '꽃'의 시인으로만 기억하는 것은 충분하지 않다. 그에게 있어 「꽃」 이전의 오랜 모색과 그 이후의 치열한 시적 실험은 '꽃' 시절의 존재론적 탐색 못지않게 중요하다.

김춘수가 본격적으로 시를 쓰기 시작한 것은 해방 이후이다. 해방 직후부터 1950년대 초반에 이르기까지 김춘수는 『구름과 장미』, 『늪』, 『기』, 『인인』 등의 시집을 연달아 발간한다. 그는 스스로 이 시기를 두고 서정주, 유치환, 그리고 청록파 시인들의 시를 답습하던 습작기라고 술회하기도 했다. 그러나 다음과 같은 시를 보면 선배 시인들의 자장 안에서 자신만의 시세계를 모색하던 이 시기에도 이미 시인으로서의 천품이 잘 발현되고 있음을 확인할 수 있다.

> 너도 아니고 그도 아니고, 아무것도 아니고 아무것도 아니라는데…… 꽃인 듯 눈물인 듯 어쩌면 이야기인 듯 누가 그런 얼굴을 하고,
> 간다 지나간다. 환한 햇빛 속을 손을 흔들며……
> 아무것도 아니고 아무것도 아니고 아무것도 아니라는데, 온통 풀냄새를 널어놓고 복사꽃을 울려놓고 복사꽃을 울려만 놓고,
> 환한 햇빛 속을 꽃인 듯 눈물인 듯 어쩌면 이야기인 듯 누가 그런 얼굴을 하고……

—「서풍부西風賦」 전문

김춘수의 초기 대표작으로 꼽힐 만한 작품이다. 같은 바람이라도 동풍이나 북풍, 그리고 남풍과 서풍의 이미지는 다르다.

"비를 몰아오는 동풍에 나부껴"(김수영, 「풀」)에서의 동풍, "북풍한설北風寒雪"이라는 표현에서의 북풍, "남촌서 남풍 불 제 나는 좋데나"(김동환, 「산 너머 남촌에는」)에서의 남풍과 비교해보면 그 차이가 확연하다. 서풍은 동풍처럼 습하지 않고 북풍처럼 차거나 남풍처럼 따뜻하지도 않다. 강한 바람이 아니라 대개 옷깃을 가볍게 스치며 지나는 바람에 가깝다. 이를 염두에 두고 「서풍부」를 읽어보면 서풍이 스쳐 갈 때의 실감을 예사롭지 않게 포착하는 감각을 확인할 수 있다. 이 시에서 가장 인상적인 부분은 "복사꽃을 울려놓고 복사꽃을 울려만 놓고"라는 대목이다. 앞서 언급한 서풍의 성격과 정확히 부합하는 하나의 심상을 부려놓고 있기 때문이다. 정면으로 마주하며 묵중한 존재감을 호소해오는 대상이 아니라 가벼이 스쳐 가는 듯하지만 그 잔상이 오래 남는 어떤 대상과의 만남을 이처럼 실감 있게 표현한 작품은 드물다. "아무것도 아니"라는 표현이 처음엔 두 번 반복되었다가 다음에 세 번 반복되는 대목 역시 예사롭지 않다. 그저 스쳐 가는 일일 뿐이기에 아무것도 아닐진대, 그럼에도 불구하고 한 번 있었던 일은 없었던 일이 되지 않는다. 그렇게 스쳐 간 인연을 "꽃인 듯 눈물인 듯 어쩌면 이야기인 듯"이라고 표현한 것에서 이 시는 절정을 맞는다. 슬쩍 스쳐 지나가는 바람 한 줄기가 실은 모든 사연을 싣고 왔다 가는 때도 있는 법이기 때문이다.

이처럼 해방 직후부터 1950년대 초반에 이르기까지의 김춘수의 시에는 구름, 장미, 바람 등과 같은 자연물이 종종 등장한다. 그런데 1950년대 초중반에 접어들면서 김춘수의 시세계는 중요한 전환점을 맞는다. 김춘수는 그때까지의 방식을 버리고 조금 더 존재론적인 탐구에 몰두하기 시작한다. 그는 이 전회를 두고 "나이 서른을 넘고서야 둑이 끊긴 듯 한꺼번에 관념의 무진 기갈이 휩쓸어왔다"[1]라고 표현한 바 있다. 이 언급이 보여주듯 이 시기에 김춘수는 존재의 본질을 추구하고 언어를 통해 그 본질에 도달할 수 있는지를 가늠한다. 잘 알려진 「꽃」이나 「꽃을 위한 서시」 등이 여기에 속하는 작품이다.

> 나는 시방 위험한 짐승이다
> 나의 손이 닿으면 너는
> 미지의 까마득한 어둠이 된다.
>
> 존재의 흔들리는 가지 끝에서
> 너는 이름도 없이 피었다 진다.
> 눈시울에 젖어 드는 이 무명의 어둠에

---

1) 김춘수, 「의미에서 무의미까지」, 『김춘수 시론전집 1』, 현대문학, 2004, 530면.

추억의 한 접시 불을 밝히고
나는 한밤 내 운다.

나의 울음은 차츰 아닌 밤 돌개바람이 되어
탑을 흔들다가
돌에까지 스미면 금이 될 것이다.

……얼굴을 가리운 나의 신부여,

—「꽃을 위한 서시」 전문

사물로서의 꽃이 있다. 그리고 언어로 묘사되는 꽃이 있다. 시인은 사물로서의 꽃이나 언어로 형용되는 기호로서의 꽃이 아니라 존재의 본질에 가닿는 이데아로서의 꽃을 더듬고 싶어 했다. 때문에 '나'는 "시방 위험한 짐승"이다. 꽃의 향이나 모양이나 색이 아니라 사물 본연의 모습에 이르려고 하기 때문이다. 그러나 우리가 인식하는 바로서의 사물은 본연의 세계를 좀처럼 개방하지 않는다. 그 본질에 가닿고자 하는 열망을 품은 언어로 아무리 사물을 형용한다고 해도 본질로서의 꽃은 손 내밀면 항상 어둠의 영역으로 물러난다. 이로 인해, 시 언어가 사물을 더듬는 그 "가지 끝"에서 '나'는 서러워진다. 따라서 이때 시인이

할 수 있는 일이란, 태연하게 피어 있는 꽃을 어둠의 영역으로 물리고 그렇게 물러난 꽃에 사물 본래의 이름을 붙이기 위해 사물에 대한 "추억의 한 접시 불을 밝히"는 것이다.

이렇듯 저 "가지 끝"에서 시어에 의해 피어난 꽃은 우선 상식의 영역으로부터 존재의 후경後景 속으로, "불가사의의 깊이에로" 물러난다. 그렇게 사물을 존재의 심연 속으로 돌려세우고 이를 규명하기 위해 끊임없이 사물의 주변을 맴도는 것이 시 언어의 숙명이다. 그러므로 여기서 꽃은 상징이다. 현상으로서의 꽃과 본질로서의 꽃이 시어를 매개로 접속되기 때문이다. 시어는 양자의 합치를 당장 성립시키지는 않지만, 합치를 전제하고 열망하고 추구하게 한다. 시적 화자는 "울음"이 "돌개바람"이 되어 "탑을 흔들다가" "돌에까지 스미면 금이 될 것"이라고 말한다. 언어를 통해 스스로 어둠 속으로 물려 놓은 사물에 다시 가닿기 위해 언어를 갈고 다듬는 시인은 시어가 끝내 그 심연에 닿아서 어둠 속으로 물러난 사물들을 다시 빛 속에서 번쩍이게 할 것이라고 믿고 있다. 그러니 "울음"이 "돌에까지" 스미면 "금이" 될 것이라는 말은, '나'의 손짓으로 인해 존재 본연의 '어둠'의 세계로 물러난 꽃을 계속해서 더듬는 시어가 본연의 꽃을 다시 불러낼 수 있으리라는 믿음과 열망의 표현이다. 따라서 꽃이 '얼굴을 가리운 신부'인 이유는 두 가지이다. 첫째, 그것이 본질을 가리운 얼굴이기 때문이며, 둘째, 그럼에도 불구하고 거기

틀림없이 본질의 세계가 있으리라는 믿음을 주는 대상이기 때문이다. 무용지용無用之用인 시어의 효용은 바로 그런 사물 본연의 모습을 드러내 보이려는 탐구 그 자체에 깃들어 있는 것이다.

이렇게 존재의 본연에 가닿으려는 탐색에 한동안 몰두하던 김춘수 시인은 1950년대 말부터 다시 한번 극적인 전환을 모색한다. 존재론적인 탐구는, 이를테면 그에게 지대한 영향을 주었던 릴케 같은 시인이 이미 본격적으로 시를 통해 개진해본 것이 아닌가 하는 생각 끝에 시에서 오히려 관념을 완전히 덜어내려 시도한 것이다.

> 나는 여기서 크게 한 번 회전을 하게 되었다. 여태껏 내가 해온 연습에서 얻은 성과를 소중히 살리면서 이미지 위주의 아주 서술적인 시세계를 만들어보자는 생각이다. 물론 여기에는 관념에 대한 절망이 깔려 있다. 현상학적으로 대상을 보는 눈의 훈련을 해야겠다는 생각이다. 아주 숨가쁘고 어려운 작업이다. 그러나 나는 나대로 이 작업을 현재까지 계속하고 있다.[2]

언어의 한계를 넘어 존재와 본질을 탐구하던 김춘수는 이제

---

2) 김춘수, 「의미와 무의미」, 『김춘수 시론전집 1』, 현대문학, 2004, 488면.

"관념의 수단이 될 뿐"인 비유적 이미지를 탈피하여 "이미지를 위한 이미지"인 서술적 이미지를 추구하며 일종의 언어의 '순수 상태'를 추구하게 된다. 다음 시는 이런 의미에서의 서술적 이미지가 주가 되는 시이다.

저녁 한동안 가난한 시민들의
살과 피를 데워주고
밥상머리에
된장찌개도 데워주고
아버지가 식후에 석간을 읽는 동안
아들이 식후에
이웃집 라디오를 엿듣는 동안
연탄가스는 가만가만히
주라기의 지층으로 내려간다.
그날 밤
가난한 서울의 시민들은
꿈에 볼 것이다.
날개에 산홋빛 발톱을 달고
앞다리에 세 개나 새끼 공룡의
순금의 손을 달고
서양 어느 학자가

Archaeopteryx라 불렀다는
주라기의 새와 같은 새가 한 마리
연탄가스에 그을린 서울의 겨울의
제일 낮은 지붕 위에
내려와 앉는 것을,

—「겨울밤의 꿈」 전문

이 시는 사물의 본질을 추구하고 언어를 통해 존재론적 모색
을 해나가던 시기의 작품과는 결을 확연히 달리한다. 관념을 이
미지로 표현한 상징이 아니라, 이미지를 위한 이미지, 김춘수 자
신이 시론에서 서술적 이미지라고 규정한 이미지로 가득한 시이
기 때문이다. 여기서 시인은 가난한 시민들의 겨울 저녁 한때를
연탄가스-연탄-주라기-시조새라는 이미지의 연쇄를 통해 묘사
하고 있다. 연탄 연기가 피어오르는 겨울 저녁의 생활 풍경을 주
라기 새가 "연탄가스에 그을린 서울의 겨울의 / 제일 낮은 지붕
위에 / 내려와 앉는 것"으로 묘사하는 것은 그 자체로 선연한
그림을 안겨준다.

사랑하는 나의 하나님, 당신은
늙은 비애다.

푸줏간에 걸린 커다란 살점이다.

시인 릴케가 만난

슬라브 여자의 마음속에 갈앉은

놋쇠 항아리다.

손바닥에 못을 박아 죽일 수도 없고 죽지도 않는

사랑하는 나의 하나님, 당신은 또

대낮에도 옷을 벗는 어리디어린

순결이다.

삼월에

젊은 느릅나무 잎새에서 이는

연둣빛 바람이다.

— 「나의 하나님」 전문

이 시 역시 비슷한 맥락에서 설명할 수 있다. "늙은 비애", "푸줏간에 걸린 커다란 살점", "슬라브 여자의 마음속에 갈앉은 / 놋쇠 항아리", "어리디어린 / 순결", "젊은 느릅나무 잎새에서 이는 / 연둣빛 바람" 등은 그 자체로 이질적인 이미지들의 연쇄를 이룬다. 이는 김춘수가 의도한 대로 이미지에 대한 이미지의 '처단'이라는 효과를 구현한다. 낯선 것들의 병치가 청신한 감각을 북돋기 때문이다.

앞서 인용한 시들은 관념의 세계에서 벗어나 '이미지를 위한 이미지'를 통해 일종의 '언어적 그림'을 추구하던 시기의 김춘수 시인의 지향점을 잘 보여준다. 그러나 서술적 이미지들이 주가 되는 이 작품들에서 의미가 완전히 배제된다고 말할 수는 없다. 예컨대 「겨울밤의 꿈」은 시인이 의도하지 않아도 이미지의 모자이크를 통해 시민들의 소소한 삶이 자연 전체의 질서나 한 시대의 시공을 넘어서는 거대한 우주의 이법과 별개의 것이 아님을 독자로 하여금 생각해보게 한다. 한편 「나의 하나님」 역시 병치된 이미지들이 독자로 하여금 신적인 것과 인간적인 것, 상승적 초월과 인간이 발자국을 남기며 딛고 있는 자리에서의 삶이라는 대비적 의미망을 구성하도록 독자를 종용한다. 그러나 어쩌면 이미지 자체의 숙명이라고도 할 수 있을 이 모순을 김춘수 시인은 쉽게 수용하지 않는다. 그는 한 발 더 내디뎌 본다. 그리고 시에서 관념을 배제하려는 시도는 급기야 시적 대상과 의미마저 소멸한 무의미시에 대한 추구로 이어진다.

사생이라고 하지만, 있는(실재) 풍경을 그대로 그리지는 않는다. (중략) 경우에 따라서는 대상의 어느 부분을 버리고, 다른 어느 부분은 과장한다. 대상과 배경과의 위치를 실지와는 전연 다르게 배치하기도 한다. 말하자면 실지의 풍경과는 전연 다른 풍경을 만들게 된다. 풍경의, 또는 대상의 재구

성이다. 이 과정에서 논리가 끼이게 되고, 자유연상이 끼이게 된다. 논리와 자유연상이 더욱 날카롭게 개입하게 되면 대상의 형태는 부서지고, 마침내 대상마저 소멸한다. 무의미의 시가 이리하여 탄생한다.[3]

김춘수는 관념뿐만이 아니라 시적 대상의 형태를 허물고 마침내는 그 대상마저 소멸하는 단계의 시를 무의미시라고 지칭했다. 「인동잎」, 「눈물」, 「하늘수박」과 같은 시가 대표적인 예로 꼽힌다.

2. 눈물인 듯

남자와 여자의
아랫도리가 젖어 있다.
밤에 보는 오갈피나무,
오갈피나무의 아랫도리가 젖어 있다.
맨발로 바다를 밟고 간 사람은

3) 김춘수, 「의미에서 무의미까지」, 『김춘수 시론전집 1』, 현대문학, 2004, 535면.

새가 되었다고 한다.

발바닥만 젖어 있었다고 한다.

—「눈물」 전문

「눈물」은 「인동잎」, 「하늘수박」과 함께 무의미시의 대표작으로 꼽힌다. 그러나 시에서 의미를 완전히 배제하는 것이 가능할까? 우리는 인용된 시에 담긴 '눈물'의 의미를 읽기 위해 조금은 우회로를 거쳐야 한다.

1940년, 김춘수는 일본 니혼대학 예술과에 입학한다. 그런데 유학 도중 일생에 거쳐 트라우마로 남는 사건을 겪게 된다. 그는 천황제를 비판했다는 이유로 세타가야 경찰서에 수감된다. 일종의 무고에 의한 이 상황도 그에게는 충격이었지만, 김춘수 자신의 표현을 빌리자면 수감생활 중 "생애를 뒤흔들어 놓은" 사건을 겪게 된다. 함께 수감된 좌파의 존경받는 사상가가 배고픈 유학생의 시선을 외면한 채 혼자서 빵 두 개를 먹는 것을 목격하고 헤아릴 수 없는 정신적 충격을 경험한 것이다. 그는 무고에 의한 수감생활과 좌파 사상가와의 일화에서 오는 심신의 충격이 인생에서 트라우마로 남았다고 여러 곳에서 고백한다. 이 트라우마적 체험은 그로 하여금 '역사 = 이데올로기 = 폭력 = 의미의 세계'라는 도식을 숙명처럼 여기게 만든다. 김춘수가 서술적 이미지를 거쳐 무의미시를 추구하는 과정은 이런 체험과 결코 무관하지 않다.

나는 드디어 고통이 기교를 낳는다는 사실을 알게 되고 기교가 놀이에 연결되면서 생(고통)을 어루만지는 위안이 된다는 것을 깨닫게 되었다.[4]

이런 맥락에서 보자면 김춘수의 무의미시는 의미를 배제한 '방심상태'를 추구하는 기교이며, 일종의 위안의 일환이라고도 할 수 있을 것이다. 그러나 문제는 언어를 사용하는 한 의미의 배제라는 것이 그렇게 용이한 일이 아니라는 것이다. 앞서 인용한 「눈물」로 돌아가 보자.

이 시의 이미지가 '남자와 여자의 젖어 있는 아랫도리'-'오갈피나무의 아랫도리'-'맨발로 바다를 밟고 간 사람'-'새'-'젖은 발바닥'으로 연쇄됨을 알 수 있다. 얼핏 보면 쉽게 의미가 파악되지 않으면서 무의미시의 한 이상을 달성한 것처럼 보이기도 하지만, 실상 무의미의 기저에는 정신에 깊이 새겨진 무의식의 흔적이 자리 잡고 있다. 전반부와 후반부의 이미지를 중재하고 있

4) 김춘수, 「장편 연작시 〈처용단장〉 시말서」, 『처용단장』, 미학사, 1991, 136-137면.

는 "오갈피나무의 아랫도리" 이미지가 그 단적인 예가 된다. 김춘수는 어느 산문에서 어릴 적 운동회에서 본 한 아이에 대한 인상을 술회한 바 있다. 그는 그 아이의 "무릎 밑 노출된 아랫도리에는 바윗빛이 된 때가 엉기고 굳어져 그것 자체가 이미 살갗이 되어버리고 있었다. 그것은 마치 오갈피나무의 껍질을 보는 듯했다."[5]라고 말하면서 "나는 오갈피나무와 같은 나무껍질을 보면 그가 곧 연상되고, 사람의 아랫도리를 보면 그의 그 바윗빛이 된 살갗을 눈앞에 떠올리게 된다. 그럴 때 두 발을 가진 직립동물이 왠지 자꾸 슬퍼지기만 한다. 사람은 구제될 수 없는 것일까? 사람의 능력의 한계는 어쩔 수 없는 것일까? 왜 사람은 죽어야 하고, 늙어가야 하고, 하늘을 날 수도 없고, 바다를 맨발로 갈 수가 없는가?"[6] 하고 말한 바 있다.

이런 맥락에서 보자면 "맨발로 바다를 밟고 간 사람"은 "두 발을 가진 직립동물"의 숙명을 가벼이 뛰어넘는 초월적 존재라고 의미화할 수 있겠다. 그러니까, 시 「눈물」의 흐름은 다시 이렇게 정돈할 수 있다. '남자와 여자의 젖어 있는 아랫도리'(땅 위에 두 발로 직립하는 인간의 한계와 숙명)-'오갈피나무의 아랫도리'(그 숙명을 환기시키는 어릴 적 경험)-'발바닥만 젖은 이가 맨발로 바다

---

5) 김춘수, 「내 속에 자란 예수」, 『왜 나는 시인인가』, 현대문학, 2005, 125면.
6) 김춘수, 「내 속에 자란 예수」, 『왜 나는 시인인가』, 현대문학, 2005, 127-128면.

를 밟고 새가 되었다'(지상적 존재의 숙명을 타고났으되 그것을 가벼이 뛰어넘은 초월적 존재자에 대한 선망과 동경).

따라서 이 시는 방심상태에서 떠오르는 서술적 이미지들을 자유롭게 병치하는 기교에 의해 쓰인 것이지만, 그 이면에는 지상의 삶에 구속된 것들과 초월자의 대비를 통해 시인 자신이 오래 붙들린 인간의 근원적 비애를 품고 있다고 할 수 있다. 그런 의미에서 보자면 이 시는 무의미한 시라기보다 오히려 형이상학적 질문을 제기하는 시로도 읽힌다. 고통 - 기교로부터 유희 - 위안의 계열로 도약하기 위해 애써 마련한 무의미시 계획의 이런 비밀은 김춘수의 극단적 계획 안에 재차 고통(절망)으로 침잠할 요소들이 숨겨져 있다는 것을 의미한다.

3. 어쩌면 이야기인 듯

김춘수가 한 번은 본질과 관념의 세계를 지향했다가 다시 관념을 배제한 서술적 이미지, 더 나아가 무의미시를 추구하게 되었음을 살펴보았다. 그에게 시는 "꽃"이었다가 "눈물"이 되었다고 바꿔 말할 수도 있을 것이다. 사정을 좀 더 정확히 얘기하자면, 그에게 시는 언제나 꽃이면서 눈물이라고 하는 게 더 옳겠다. 그리고 그에게 시가 꽃이며 동시에 눈물이라면 그 양가성은 어떤 이야기를 낳게 된다. 김춘수의 시세계를 종합적으로 이해하기 위해 우리는 그가 언어에서 관념의 흔적을 완전히 덜어내려 시도했던 무의미시가 본격화하던 1968년에 또 하나의 시도, 즉 그 스스로 역사와 폭력의 문제를 정면으로 응시하려 했다고 창작 의도를 밝힌 장시 「처용단장」의 집필이 시작되었다는 것을 주목할 필요가 있다. 「처용단장」은 1968년에 시작해 1991년에야 완성되었을 정도로 김춘수 시인이 오랫동안 공을 들인 작품이다. 한편으로는 무의미시 실험을 거듭하면서도 그 이면으로는 자신의 정신적 외상을 낳은 사건을 계기로 삼아 역사와 폭력 그리고 이데올로기 문제 등을 다룬 장편 연작시를 구상하고 써나간 것은 김춘수 시인이 언어의 가능성과 한계를 극한에 이르기까지 탐구한 시인임과 동시에 실험적 언어를 통해 역사와 삶의 문제에 대해서도 전방위적으로 탐색하며 한국시의 문제를 고민해간 시인이라는 것을 여실히 증명하고 있다. 예컨대, 잘 알려진 「부다페스트에서의 소녀의 죽음」에는 꽃과 눈물을 동시에 보유한 김춘수 시인이 양자의 간극에서 주저하는 흔적이 잘 새겨져 있다.

「부다페스트에서의 소녀의 죽음」은 김춘수가 1956년 버스 안에서 우연히 본 신문 국제면에 실린 사진 한 장으로부터 시작되었다고 알려져 있다. 소련은 1956년에 무장 군인들을 동원해 폴란드와 헝가리의 반공산주의 운동을 폭력적으로 진압했다. 김춘수가 본 사진은 그 과정에서 희생당한 어린 소녀의 것이었다.

시는 이 사건을 극화하면서 이데올로기와 폭력이 개인의 삶을 훼손시키는 현장을 생생하게 고발하고 있다. 나아가 헝가리에서 자행된 폭력은 비단 한 국가의 특정한 개인에게만 일어나는 일이 아니라 한국전쟁 혹은 그 이전에라도 한국의 소녀에게도 언제나 일어날 수 있음 직한 일이라고 시인은 말하고 있다.

이 시는 존재론적 탐구 계열의 작품들을 실은 『꽃의 소묘』(1959)에 실렸다가 몇 달 후 출간된 『부다페스트에서의 소녀의 죽음』이라는 시집에 개작을 거쳐 다시 실렸다. 개작 과정에서 원래 있었던, 시인 자신이 '세타가야서'에서 직접 겪은 폭력의 체험을 다룬 부분이 삭제된다. 그 대목은 다음과 같다.

"나는 스물두 살이었다. / 대학생이었다. / 일본 동경 세다가야서 감방에 불령선인으로 수감되어 있었다 / 어느 날, 내 목구멍에서 / 창자를 비비 꼬는 소리가 새어나왔다. / <어머니, 난 살고 싶어요!> / 난생처음 들어보는 그 소리는 까마득한 어디서, / 내 것이 아니면서, 내 것이면서…… / 나는 콩크리이트 바닥에 머리를 부딪고 / 북받쳐 오르는 울음을 참을 수가 없었다. / 누가 나를 우롱하였을까, / 나의 치욕은 살고 싶다는 데에서부터 시작되었을까."

이처럼 김춘수는 스스로 자신의 무의식에 깊게 각인된 외상적 사건에 대해 언급했다가 이를 다시 삭제하는 과정을 거쳤다. 이는 그가 존재론적 탐구와 서술적 이미지 지향 등 시적 변모를 거듭하는 과정에서도 집요하게 역사와 폭력의 문제를 응시하고 있었다는 방증이 된다. 관념으로부터의 탈피, 서술적 이미지와 의미를 덜어낸 무의미시 실험이 의식적으로 김춘수가 추구한 지향점들이라고 할 수 있다면 역사와 이데올로기에 내재된 폭력에 대한 예민한 감각과 사유는 자신의 원체험에 기반해서 그의 무의식의 기저에서 계속해서 작동하고 있었다고 할 수 있다. 김춘수가 무의미시 창작과 동시에 명백한 목적성을 지닌 장편 연작 「처용단장」을 30여 년에 걸쳐 창작해나간 것은 그가 계속해서 꽃과 눈물의 간극에 살고 있었다는 이야기에 다름 아니다. 여기서 장편연작시 「처용단장」을 자세히 살펴볼 수는 없지만 그가 간극에 살고 있었다는 것은 『타령조·기타』에 실린 「처용 삼장」을 살펴보는 것으로 충분할 것이다.

1

그대는 발을 좀 삐었지만
하이힐의 뒷굽이 비칠하는 순간
그대 순결은
형이 좀 틀어지긴 하였지만
그러나 그래도
그대는 나의 노래 나의 춤이다.

2

유월에 실종한 그대
칠월에 산다화가 피고 눈이 내리고,
난로 위에서
주전자의 물이 끓고 있다.
서촌 마을의 바람받이 서북쪽 늙은 홰나무,
맨발로 달려간 그날로부터 그대는
내 발가락의 티눈이다.

3

바람이 인다. 나뭇잎이 흔들린다.
바람은 바다에서 온다.
생선 가게의 납새미 도다리도
시원한 눈을 뜬다.
그대는 나의 지느러미 나의 바다다.
바다에 물구나무선 아침 하늘,
아직은 나의 순결이다.

—「처용 삼장」 전문

『타령조·기타』에 실린 많은 작품처럼 이 시 역시 이미지의 병렬과 모자이크를 구성원리로 삼는다. 각 연에는 각기 중심적 이미지가 제시되어 있고 연마다 수사적 구조를 통해 의미 맥락을 통어하는 어사들이 제시되어 있다. 1연은 "하이힐의 뒷굽이 비칠하는 순간" 조금 기울어진 "그대"가, 2연에는 "서촌 마을의 바람받이 서북쪽 늙은 홰나무"가 있는 곳에 있는 "그대"가, 3연에는 바다와 관련된 이미지들 가운데서 상기되는 "그대"가 이 시적 발화의 청자이자 대상으로 상정되어 있다. 이 작품에서 가장 중요한 것은 각 연의 통사적, 의미론적 구조를 결정하는 몇몇 시어들이다. 1연에서는 "그러나 그래도", 2연에서는 "그날로부터", 3연에서는 "아직은"이라는 시어가 이 시의 구조적, 의미론적 핵심에 자리 잡고 있다는 것이다. 「처용 삼장」의 각 연을 이 시어들을 중심으로 재구성하면 다음과 같다.

(1) 본래의 "형型"과 달리 조금 기울어졌지만
　　 "그러나 그래도"
　　 "그대"는 "나의 노래 나의 춤"

(2) 산다화가 피고 눈 내리는-이는 회상을 통한 시간의 중첩으로 보인다-서촌 마을의 "그대"에게 맨발로 달려간
　　 "그날로부터"

"그대는/ 내 발가락의 티눈"

(3) 나뭇잎이 흔들리고 납새미 도다리도 눈을 뜨는 바다에서
그대는
"아직은"
"나의 순결"

　재구성을 통해 이 시의 이미지 전개 양상을 다시 생각해보면 결국 「처용 삼장」에서 "그대"는 원형으로부터 조금 기울거나 이지러진 채 인간의 지위에 머물러 있지만 "그러나 그래도" 시적 발화자의 노래와 춤의 원천이 되고 "아직은" 순결한 상태에 머물러 있는 존재라고 할 수 있다. 여기서 "그러나 그래도", "아직은"과 같은 접속어가 중요한 것은 이것이 어떤 상태 변화의 이전과 이후를 가름하는 의미론적 계기를 포함하고 있기 때문이다. 바로 이런 맥락에서 볼 때 『타령조·기타』에 실린 또 다른 처용 관련 작품인 「처용」은 이와 상통하는 작품이다.

인간들 속에서
인간들에 밟히며
잠을 깬다.
숲속에서 바다가 잠을 깨듯이

젊고 튼튼한 상수리나무가
서 있는 것을 본다.
남의 속도 모르는 새들이
금빛 깃을 치고 있다.

　—「처용」 전문

　이 시가 지시하는 것은 바로 간극이다. "인간들 속에서 / 인
간들에 밟히며", "남의 속도 모르는"과 같은 구절은 "바다"나
"상수리나무", 금빛 깃을 치는 "새들"과 처용의 존재론적 지위
가 다름을, 그리고 바로 그 차이와 간극을 지시한다. 김춘수에
게 그토록 오랜 시간 동안 처용이 문제적인 것은 아마도 이 때
문일 것이다. 처용은 다름 아니라 이 간극에 사는 존재이기 때
문이다. 「처용 삼장」의 이미지들은 전체와 무, 현실과 초월적 세
계, 순결과 타락, 의미와 무의미, 역사(=폭력=이데올로기)와 순결
한 언어 사이에서 동요하고 있다. 즉 역사의 암호로서의 이미지
와 중단으로서의 이미지 사이에서 요동치고 있다. 그리고 그것
은 정확히 김춘수 시인 자신이 필생의 질문이었다고 술회했던
바로 그 문제를 지시한다.

　나는 왜 여기서 이러고 있는가 하는 정서라 할까 감정은 실

은 하나의 형이상학적 물음이다. 이 물음은 내 화두가 돼 평생토록 나를 따라다니며 놓아주지 않았다. 이 형이상학적 물음을 쫓아다니는 그것이 곧 내가 나를 찾고 있는 하나의 꼴이 됐다. 이리하여 이 물음, 즉 이 화두가 풀리지 않는 이상 나는 나를 찾았다고 할 수는 없게 됐다. 이 물음, 즉 이 화두를 앞에 하고는 역사라는 것도 남의 일 같기만 했다. 어떤 이데올로기가 역사라는 겁나는 탈을 쓰고 나를 깔아뭉개려 했을 때도 나는 이 물음, 즉 이 화두를 저버리지 않았다. 내 문학은 곧 이 물음, 즉 이 화두와 연결돼 있다.[7]

김춘수 시인의 작품 세계는 여러 가지 키워드들과 연결된다. 그는 존재, 본질, 무의미, 역사, 폭력, 이데올로기, 유희, 방심상태 등과 관련된 문제들을 시적 고투와 더불어 답파했다. "나는 왜 여기서 이러고 있는가" 하는 물음은 "꽃인 듯 눈물인 듯 어쩌면 이야기인 듯" 그를 이끌어 갔다. 『처용단장』(1991)을 출간하고 오랜 모색을 일단락한 이후에 처음 발표된 시집 『서서 잠자는 숲』(1993)에 실린 다음과 같은 시는 그의 오랜 시적 여정에 스스로 부치는 헌사가 아닐까?

---

7) 김춘수, 『꽃과 여우』, 민음사, 1997, 14면.

어떤 늙은이가 내 뒤를 바짝 달라붙는다. 돌아보니 조막만
한 다 으그러진 내 그림자다. 늦여름 지는 해가 혼신의 힘을
다해 뒤에서 받쳐주고 있다.

— 「산보길」 전문

시그림집 참여 화가들(가나다순)

권기범

1972년 서울 출생
서울대학교 미술대학 동양화과 및 동대학원 졸업
성신여자대학교 미술대학 동양화과 교수

주요 개인전(10여 회)

AMBIGUOUS PLACE(The Cluster Arts Gallery, 뉴욕, 미국)

THE PLACE(LIG 아트스페이스, 서울)

THE PLACE_Essence(Gallery HONG BAO ZHAI, 샤먼, 중국)

모호한 형상의 구축(갤러리 그림손, 서울)

Jumble Painting(영은미술관, 서울)

주요 단체 및 초대전

2018 전남 국제수묵비엔날레(목포문화예술회관, 목포)

ACAF2018(예술의전당 한가람미술관, 서울)

Youkobo Art Space Open Studio(Youkobo Art Space, 도쿄, 일본)

EXTENTION.KR(NCCA, 모스크바, 러시아)

소마 드로잉: 무심無心(소마미술관, 서울)

INTO THIN AIR 옅은 공기 속으로(금호미술관, 서울)

Korean Art Now(Susan Eley Fine Art, 뉴욕, 미국)

한국화의 반란(서울시립 북서울미술관, 서울)

L`imaginaire(LIG 아트스페이스, 서울)

기·운·생·동(클레이아크 김해미술관, 김해)

김선두

1958년 전남 장흥 출생
중앙대학교 예술대학 한국화과 및 동대학원 졸업
중앙대학교 예술대학 한국화과 교수

주요 개인전(30여 회)

하나씨와 봄(오느른갤러리, 김제)

김선두전(학고재갤러리, 서울)

김선두전(아트센터 쿠, 대전)

김선두 먹그림전(포스코미술관, 서울)

별을 보여드립니다(학고재갤러리, 상하이, 중국)

주요 단체 및 초대전

2022 Amulet 호령展―범을 깨우다(신세계갤러리 센텀시티점, 부산)

음풍영월(주홍콩한국문화원, 홍콩)

닮음과 닮지 않음―산경유무山徑有無(겸재정선미술관, 서울)

전남도립미술관 개관전(전남도립미술관, 광양)

붓다의 향기(동덕아트갤러리, 서울)

DMZ전(문화역서울 284, 서울)

평창 동계올림픽 기념전―Fire Art Festa 2018(경포해수욕장, 강릉)

2018 전남 국제수묵비엔날레(목포문화예술회관, 목포)

남도 문화의 원류를 찾아서―진도 소리(신세계갤러리, 서울)

옛길, 새길(복합문화공간 에무, 서울)

당대 수묵(학고재갤러리, 서울)

한국화의 경계, 한국화의 확장(문화역서울 284, 서울)

문선미

1970년 충남 태안 출생
성신여자대학교 서양화과 졸업

주요 개인전(16회)

끝.나.시작(갤러리 아트버스 카프, 서울)

바람에 웃다(갤러리 두, 서울)

笑笑소소(호서대학교 중앙도서관, 아산)

마실나온 기월씨(신풍미술관, 예천)

Story Box(AKKA Gallery, 밀라노, 이탈리아)

Cross a Ridge(아트팩토리, 파주)

주요 단체 및 초대전

시선 강탈(맥아트 미술관, 안산)

충남 레지던시展(임립미술관, 공주)

2018 내포아트페스티벌─작가의 책상展(윤은아트뱅크센터, 서산)

Honeymoon Story(롯데갤러리 영등포점, 서울)

첸나이 챔버 비엔날레(라릿카라 아카데미, 첸나이, 인도)

2016 예감展─여섯 개의 시선(선화랑, 서울)

페인티안 초대전(아라아트센터, 서울)

웃음이 난다─Sense of Humor(대전시립미술관, 대전)

한국미술응원프로젝트展(인사아트센터, 서울)

우리들의 초상(갤러리 두, 서울)

박영근

1965년 부산 출생
서울대학교 미술대학 서양화과 및 동대학원 졸업
성신여자대학교 미술대학 서양화과 교수

주요 개인전(41회)

진주처럼 영롱한(세브란스 아트스페이스, 서울)
횡단하는 이미지(이상원미술관, 춘천)
내 속에 너무 많은 나(자하미술관, 서울)
열두 개의 사과(금산갤러리, 서울)
속도, 폭력, 힘, 시간, 생명(아라리오갤러리, 천안)
죽음, 만찬, 여정(문예진흥원 미술회관, 서울)

주요 단체 및 초대전

여성신곡(자하미술관, 서울)
김소월 등단 100주년 기념 시 그림전(교보아트스페이스, 서울)
BAMA 지역작가 특별전—안창홍, 이재효, 박영근(BEXCO, 부산)
회화의 귀환—재현과 추상 사이(예술공간 이아, 제주)
판화하다—한국 현대 판화 60년(경기도미술관, 안산)
Who is Alice(Spazio Lightbox Gallery, 베니스, 이탈리아)
몽유천(국립현대미술관, 과천)
Artists with Arario 2011: Part 3(아라리오갤러리 청담, 서울)
코리안 랩소디 역사와 기억의 몽타주(리움미술관, 서울)
Present from the Past(주영한국문화원, 런던, 영국/서울)

이진주

1980년 부산 출생
홍익대학교 미술대학 동양화과 및 동대학원 졸업
홍익대학교 미술대학 동양화과 교수

주요 개인전(10여 회)

사각死角(아라리오 뮤지엄 인 스페이스, 서울)

Tilted(Triumph Gallery, 모스크바, 러시아)

Self(BAIK ART Gallery, 로스앤젤레스, 미국)

불분명한 대답(아라리오갤러리 서울, 서울)

LEE(두산갤러리 뉴욕, 뉴욕, 미국)

주요 단체 및 초대전

재난과 치유(국립현대미술관 서울관, 서울)

What Makes Me Wander(주벨기에한국문화원, 브뤼셀, 벨기에)

Common Plan(모스크바 뮤지엄, 모스크바, 러시아)

사유 공간 창작 노트 II(환기미술관, 서울)

The Evolution of Socialist Realism(아메리칸 대학교 미술관, 워싱턴, 미국)

무진기행(금호미술관, 서울)

클럽 몬스터(국립아시아문화전당, 광주)

동아시아 페미니즘: 판타시아(서울시립미술관 서소문본관, 서울)

Permeated Perspective: Young Korean Painters(두산갤러리 뉴욕, 뉴욕, 미국)

내가 본 '것'(프로젝트 스페이스 사루비아, 서울)

최석운

1960 경북 성주 출생
부산대학교 미술학과, 홍익대학교 미술대학원 졸업

주요 개인전(40여 회)

낯선자연, 낯선위로(갤러리 나우, 서울)

최석운 초대전ㅡGood Luck(갤러리 이주, 서울)

최석운: 이마도ニ馬島_낙원樂園으로부터(행촌미술관, 해남)

최석운展(포스코미술관, 서울)

최석운展(금호미술관, 서울)

주요 단체 및 초대전

태양에서 떠나올 때(전남도립미술관, 광양)

거대한 일상: 지층의 역전(부산시립미술관, 부산)

꽃과 함께(정부서울청사, 서울)

회화의 수사학(뮤지엄 SAN, 원주)

여수국제미술제(여수엑스포 D전시홀, 여수)

영남문화의 원류를 찾아서ㅡ가야, 김해(대구 신세계갤러리, 대구)

2018 세계 한민족 미술대축제ㅡ우리집은 어디인가?(예술의전당 한가람 디자인미술관, 서울)

물 때, 해녀의 시간(제주도립미술관, 제주)

중심축 경계를 넘어(성선갤러리, 베이징, 중국)

아빠의 청춘(광주시립미술관, 광주)